W9-ASL-469

CPS-MORRILL SCHOOL LIBRARY

3 4880 05000525 0   SP E GAU
Bravo, Tanya : un cuento

SP   3 4880 05000525 0
E   Gauch, Patricia Lee.
GAU
            Bravo, Tanya : un
            cuento

                                    $11.89

            Roth

DATE DUE	BORROWER'S NAME	ROOM NO.
12/2/08	Bravo Tanya	

SP   3 4880 05000525 0
E   Gauch, Patricia Lee.
GAU
            Bravo, Tanya : un
            cuento

CPS-MORRILL SCHOOL LIBRARY
CHICAGO PUBLIC SCHOOLS
6011 S ROCKWELL ST
CHICAGO, IL 60629

755171 01189   29614A   0001

SP
E
GAU
C-1
11.89

SATOMI ICHIKAWA

Bravo, Tanya

Un cuento de
PATRICIA LEE GAUCH

SerreS

A la pequeña Tanya le encantaba bailar. Bailaba con Bárbara, su osita bailarina, en cualquier momento, en cualquier lugar. A veces hacían un *pas de deux* en la pradera. O junto al río. A veces bailaban al son de una música que solo ellas oían.

A Tanya le entusiasmaba tanto bailar que su madre la llevó a la misma academia a la que iba Elisa, su hermana. Y mientras, Bárbara se quedaba en la mochila.

Tanya estaba muy contenta en la primera clase. Se puso su maillot y sus zapatillas, como las otras bailarinas. Hizo, como ellas, los ejercicios de barra. Además, caminó como una bailarina de ballet. Y cuando la señorita Alicia dijo: "Primera posición", Tanya se la sabía. También se sabía la segunda, la cuarta y la quinta.

Pero luego, aquella señora que llevaba un peine en el pelo comenzó a tocar el piano y la señorita Alicia se puso a dar palmadas y, al mismo tiempo, a decir: "Uno, dos, tres, cuatro. Uno, dos, tres, cuatro..." Y claro, Tanya no podía oír la música.

Clap, clap, clap, clap. "Uno, dos, tres, cuatro..." Eso era
lo único que oía. Por eso, cuando la señorita Alicia dijo: "*Jeté*",
Tanya lo hizo, pero con mucho retraso.

Y cuando la señorita Alicia dijo "*Pirouette*", Tanya casi
se chocó contra una niña con cola de caballo. Y cuando la
señorita Alicia se acercó a ella y le dijo al oído: "¡UNO, DOS,

TRES, CUATRO!", mientras
las demás hacían un *arabesque*, Tanya tropezó
y se cayó al suelo.

A pesar de eso, todos los sábados Tanya
metía a Bárbara en la mochila y se iba con
ella a la academia.

Con grandes esfuerzos, lograba mantener el paso en los
glissades. Y acabó consiguiendo hacer el *arabesque*, e incluso
el *grand écart*.

Un día invitaron a los padres de todos los alumnos a ver una clase. Las bailarinas tenían que dar, en fila, el *saut de chats*, pero el piano sonaba tan fuerte, y la voz de la señorita Alicia era tan alta que Tanya se quedó parada y las otras niñas se tropezaron con ella.

"No pasa nada", oyó que le decía luego la señorita Alicia a su madre. "No todas pueden ser bailarinas. Tanya es una niña encantadora y se lo pasa muy bien en clase. Eso es lo único que importa."

Al salir, Tanya se abrazó a Bárbara y regresó
a casa adelantándose a Elisa y a su madre. No era cierto
que fuera una niña encantadora, ni siquiera se lo pasaba
bien en clase. No era cierto en absoluto.

Se detuvo en el camino. Sólo quería sentarse a
descansar un rato. Pero Bárbara, su osita bailarina, no.
Bárbara quería bailar.

"Bueno, está bien", dijo Tanya. Hicieron un *pas de deux* en la hierba de la pradera.

Y junto al torrente por el que descendía el río de las colinas.

Y al lado del bosque, donde cantaban las ramas.

Y luego, Bárbara fue el público que observaba a Tanya
bailar sola en medio de la pradera al compás de la música
del viento.

Tanya ni siquiera vio llegar a la pianista, la mujer con el peine en el pelo, que pasaba por allí en uno de sus largos paseos. Tampoco se dio cuenta de que se había sentado junto a Bárbara para verla bailar.

Pero cuando por fin se detuvo, oyó palmadas. Y eran muy diferentes a las de la señorita Alicia. Eran palmadas de aplauso. "¡Bravo!", dijo la pianista.

Tanya estaba tan sorprendida que se sonrojó. "Veo que sabes apreciar la música que se oye desde aquí", dijo la pianista. "A mí también me gusta." La luz del sol se reflejaba en los cabellos de la mujer. "Hay veces que al tocar el piano escucho el viento. O una tormenta. A veces oigo olas en la playa." Tanya y Bárbara estaban impresionadas de oír aquello.

"Bravo, una vez más", añadió ella y, sonriendo, se levantó y continuó su paseo por el campo.

El sábado siguiente, Tanya metió a Bárbara en la mochila
y se fue a la academia de baile.

Cuando la señorita Alicia dijo "extender", Tanya lo hizo.
Cuando pidió la primera, la segunda, la cuarta y la quinta
posición, *plié* y *jeté*, también. Incluso hizo más de un *saut
de chat*.

Y cuando la señorita Alicia comenzó a dar palmadas —uno, dos, tres, cuatro, uno, dos, tres, cuatro—, ella solo escuchó el piano. Oía olas y tormentas y ramas agitándose al viento. Y entonces bailó con la música.

"¡Dios mío!", le dijo después la señorita Alicia. "¡Si eres una magnífica bailarina!"

Antes de irse, Tanya le dirigió una sonrisa a la señora del peine en la cabeza, a la pianista.

Tanya continuó yendo a la clase cada sábado. Bárbara, su osita bailarina, siempre la acompañaba. Y hacía los ejercicios de barra y ejecutaba todos y cada uno de los pasos.

Pero tanto Tanya como Bárbara preferían bailar su propio *pas de deux*, a veces en la pradera, a veces junto al río. A veces, al son de una música que sólo ellas escuchaban.

Aunque nunca asistió a una escuela de arte, la escritora y pintora SATOMI ICHIKAWA
ha alcanzado reconocimiento internacional como genial ilustradora de libros infantiles.

Nacida en Japón, se trasladó muy joven a París, donde ha vivido muchos años. Fue en París donde, según ella misma cuenta,
abrió sus ojos al arte, inspirada por la belleza de la ciudad. Ha ilustrado desde entonces muchos libros, incluído *Baila, Tanya*,
de Patricia Lee Gauch, y *Rosy's Garden* y *Nora's Star*, de los que ella misma es autora.

PATRICIA LEE GAUCH, autora de *Christina Katerina and the Box*, *Christina Katerina and the Time She Quit the Family*, y *This Time,
Tempe Wick?*, es directora editorial de Philomel Books. Escribió este cuento expresamente para Ichikawa, apasionada, como ella, del ballet.

Título original: *Bravo, Tanya*
Adaptación: Miguel Ángel Mendo
Fotocomposición: Editor Service, S. L.

Editado por acuerdo con Philomel Books

Texto © Patricia Lee Gauch
Ilustraciones © Satomi Ichikawa

Primera edición en lengua castellana para todo el mundo:
© 2002 Ediciones Serres, S. L.
Muntaner, 391 – 08021 – Barcelona

Reservados todos los derechos
ISBN: 84-8488-034-6